掌故出版社——原發行者

蔡登山——導讀

掌故

雜誌精選

張勳復辟始末（一）

矢原愉安

清末民初的那一段中國近代史，雖然談的只是幾十年前的「過去」，但是，謎和疑案之多，不但很少前例，而且也出乎常理之外。

造成這現象的各種客觀因素中，那一時期在史學方法上的「邪風」，也許應當負最大的責任。——它對傳統的「史篇」態度，不是揚棄，而只是加以否定。對舶來的科學方法，不是吸收，而只是加以標榜。因此往往流於「中學教科書化」和「宣傳手冊化」的傾向。

惟其「教科書化」，所以遇事不求甚解，只要能「面」不改色，自圓「其說」，就算完成了任務。惟其「宣傳手冊化」，所以在處理史料上，和「嚴肅、客觀」的基本立場相背馳。為了達到一定的政治目的，甚至於竄改偽造，顛倒黑白，指鹿為馬。

於是，謎和疑案越來越多，也越來越顯得漆黑一團。這裏只要隨便舉幾個例子：

就拿張勳復辟這個問題來說罷，根據目前可能搜集到的各種史料來看；至少可以歸納為下面這幾點：

一、張勳在復辟前，的確做了許多對不起清廷的事，而尤以「江寧之戰」和「通電逼宮」為最。

二、張在清廷與袁世凱之間，始終以袁為重。只是在袁死後，不必再當袁的死黨時，才成為清廷死黨。

三、內疚和個人的政治慾望，是張勳復辟的主要動機。

四、這復辟是有外國後台的。

五、所有的復辟頭頭，都各自在做「挾天子以令諸侯」的夢。眞正除掉「恢復大清一統江山」以外，沒有其它野心的只是宣統溥儀自己。

這一篇東西，就是對這個問題，在這些方面的探討。——張勳復辟的事件，已經發生了五十多年，如果現在還不趕緊求教於

張勳

《掌故》雜誌精裝復刻本，本圖選自第一期。

《掌故》雜誌精裝復刻本，本圖選自第12期。

導讀：岳騫和他的《掌故》月刊

蔡登山

在香港七〇年代前後，有關文史掌故的雜誌相繼出現，其中影響較大也較著名的，分別是高伯雨創辦的《大華》雜誌、沈葦窗創辦的《大人》和《大成》雜誌及岳騫創辦的《掌故》月刊。當然在這之前早在一九五七年七月姚立夫就創辦了《春秋》雜誌（一直到今天還存在，已歷經六十三寒暑了。）

《大華》在一九六六年三月十五日創刊，原為半月刊，出到第四十期起改為月刊，再到第四十二期（一九六八年二月十日）停刊；兩年後，於一九七〇年七月一日又復刊（月刊），稱復刊號一卷一期（但又寫總四十三期，表示延續前四十二期），又出到一九七一年七月的第二卷一期停刊，前後共五十五期。《大人》雜誌，創刊於一九七〇年五月十五日，至一九七三年十月十五日停刊（因沈葦窗與出資老闆楊撫生在編務及廣告業務上出現分歧），前後出了四十二期。一個半月後（一九七三年十二月一日）沈葦窗繼續創刊《大成》雜誌（自資籌集資金），至一九九五年九月沈葦窗病逝而終刊，出了二百六十二期。

而岳騫創辦的《掌故》月刊於一九七一年九月十日創刊，至一九七七年六月十日終刊，出了七十期。岳騫本名何家驊，筆名有：越千、方劍雲、鐵嶺遺民等等。他是安徽渦陽人，一九四九年前後赴臺，在五〇年代回香港。曾任香港中國筆會會長、祕書長。岳騫創作文類以小說為主，兼及論述、報導文學及傳記。有《中蘇關係史話》、《水滸傳人物散論》、《八年抗戰是誰打的》、《瘟君夢》、《偽滿州國興亡祕史》、《紅潮外史》、《毛澤東出世》、《瘟君前夢》、《瘟君殘夢》、《妖姬恨》、《滿宮春夢》等等。

岳騫在發刊詞中說道為何要在香港創辦《掌故》月刊：「以今日環境而論，研究中國現代史最理想地區應是香港，寫作有絕對的自由，不受任何方面干預，而材料也可以到四面八方去搜集，不受時空的限制，如果不能在香港保留一些正確的現代中國史料，後來者要研究民國史就更難了。」他還提到重要的關鍵在於「違難香港人士中，不乏昔日在軍政界居重要地位的人士，許多真正的史實就是他們的親身經歷，而不曾為任何報章雜誌所刊載，若能將耆老們的口述或寫作的資料加以整理發表，他日可供修史者採擇，目前則可作為研究現代史的第一手資料。」

就七十期《掌故》月刊的內容來看，大概可分為以下十類，分別是：A現代史料、B人物春秋、C祖國神遊、D各地風俗、E奇才異能、F戲劇小品、G文藝史話、H文物書畫、I長篇連載、J其他。其中以「現代史料」、「人物春秋」、「長篇連載」為主，其中「長篇連載」也是以前兩項為寫作對象，但篇幅較長的。由此觀之，確實是集中在民國史料的蒐集上，

從「人」和「事」兩方面下手，時空則從民國肇興以迄大陸「文革」初期，六十年間的史事。這其中有許多文章是一手見證的，十分珍貴，如陶希聖的〈九龍歷險記〉（第四期）、翁照垣的〈「一二八」淞滬血戰史〉（第五期）、鄭修元的〈軍統局內幕〉（第六——八期）、萬耀煌的〈西安事變親歷記〉（第十六期）、周開慶的〈重慶行營史話〉（第二十三期）、楊惠敏的〈向四行倉庫守軍獻旗經過〉（第二十七期）、王鐵漢的〈東北軍事史略〉（第三十五期），而尤其是王覺源的〈留學孫逸仙大學往事〉（第十九、二十期、二十二）和關素質的〈莫斯科孫大東大見聞〉（第四十三至四十八期）是可以對著看的。

王覺源字一士，別署園，湖南長沙人，一九〇二年生。曾就讀於湖南長沙大學，並參與五四運動。一九二五年獲國民政府選派，赴蘇聯莫斯科孫逸仙大學留學。他用既寫實又風趣的筆調，生動記錄他的第一手觀察，這不僅是個人回憶錄，更是一個時代最珍貴的見證！而後來寫有《國際共黨研究》的關素質也是留俄的，在一九五五年四月，就針對中共爆發高饒反黨集團事件，做過完整情報分析和政策建議，當時認為這群東北的中共分子，不少都和「托派」有關，可以大加運用，策動為反攻大陸之內應。他甚至親自舉報自己兒子左傾，大義滅親得到蔣經國的嘉獎，才能一路得到蔣經國信任，在國際關係研究所（國研所）做到退休。

而有關寫人物的佔了相當大的篇幅，其中較為珍貴而屬於名家所寫的文章不少，諸如：徐復觀的〈陳儀與湯恩伯〉（第二期）、丘國珍的〈抗日英雄翁照垣將軍傳〉（第五期）、鄭學稼的〈陳獨秀先生的晚年〉（第八期）、簡又文的〈革命元勳馮自由〉（第九期）、蔡孝乾的

〈我所認識的瞿秋白〉（第十期）、龔德柏的〈憶許世英〉（第十三期）、劉毅夫的〈馮庸與馮庸大學〉（第二十三期）、用五（陳克文）的〈憶陳春圃〉（第二十六期）、吳相湘的〈民國以來第一清官——石瑛〉（第三十一期）、張丕介遺著〈粉筆生涯二十年〉（第四十五至四十九期）、王世昭的〈馬君武夏威與我〉（第四十五期）、沈雲龍的〈黃膺白先生之生平與識見〉（第五十一、五十二期）、阮毅成的〈記褚輔成先生〉（第五十九期）。

這其中嵇康裔的〈隣笛山陽〉（第十四期）是篇很重要的文章，他寫出作家穆時英的「附逆」或是間諜之謎。名報人卜少夫認為，穆時英的「附逆」，和胡蘭成的關係最大。不管穆時英是真漢奸還是做抗日工作的國民黨中統特工，他正是在香港與汪偽組織接上了線。穆時英只活了短短的二十八歲，在他被暗殺後的相當長一個歷史時期內，人們都認為他是一個「漢奸」而罪有應得。因為在一九四〇年，日偽政府下的上海風雨飄搖，正是國民黨政府的特工人員與汪偽特務機關之間的「特工戰」愈演愈烈之時，設在租界裏的日偽系統報社也成了國民黨特工人員襲擊的主要目標之一。但是到了二十世紀七〇年代初，嵇康裔卻在香港撰文為穆時英辯誣，在〈隣笛山陽〉文章說，穆時英真正的身份其實「是國民黨中央黨方的工作同志」，他是被軍統誤殺的。嵇康裔自稱是穆時英在中統的上司，穆時英返滬任職於汪偽報界是他親手安排的。如果嵇康裔的回憶屬實的話，那麼，穆時英真正的身份應該是重慶方面臥底的中統特工。他是被軍統所誤殺的特工。從漢奸到間諜，穆時英的身份讓人們議論紛紛卻又各執一詞，成為一宗謎案。

而《掌故》的長篇連載是從第一期就開始，分別刊載簡又文的〈馮玉祥將軍傳〉和嚴靜文（司馬長風）的〈周恩來評傳〉。岳騫在第一期的〈編餘漫筆〉中說：「簡先生是自有太平天國以來研究太平天國史的權威，已是盡人皆知的事，但是，很少人知道簡先生曾經做過馮玉祥的幕僚，兩人相處了一段不算太短的時間，對於馮玉祥的個性、功業，都有相當了解，由他寫馮玉祥傳，可說是當代最合適的人。」岳騫又說：「其次要介紹嚴靜文先生的周恩來評傳，自從中共乒乓外交推行以來，周恩來已成為世界上鋒頭最健的人物，究竟他是一個什麼樣的人，家庭背景如何，過去作了一些什麼重要的事，嚴先生源源本本寫出來，讀過之後，對周恩來為人也有一個相當了解。」

而在《掌故》第二期起至第四十七期止，共連載矢原謙吉遺著〈謙廬隨筆〉三十六篇。矢原謙吉（Yahara Kenkichi），一八九二年出生於日本，其家世代為武士，但他則留德習醫。一九二六年學成之後，應山本醫生之聘，到中國北京懸壺濟世。由於他醫術湛深，又宅心仁厚，因此生意門庭若市，聞名遐邇。當時留居北京的達官貴人及其眷屬有病皆求診於他，因此他遍識西北軍、東北軍、晉軍的大員，甚至前清遺老，以至當時冀察政務委員時代的朝野名流。諸如：馮玉祥、張學良、宋哲元、秦德純、曹汝霖、蕭振瀛、韓復榘、潘復、溥心畬、陳寶琛、梅蘭芳、余叔岩、胡適、周作人、傅斯年、何應欽、孔祥熙、王芸生、王正廷、王克敏、王揖唐等人，或為診病，或頗熟稔，或成良友。矢原醫生又精通漢文，喜結交文士，當時著名的報人如張季鸞、張恨水、管翼賢（北京《實報》創辦人，抗戰期間成為「漢奸」）皆成為其好

友，平日文酒宴會，彼此上下古今無所不談，尤其這些資深報人口中都有獨家內幕，因此所述政海祕辛、個人往事，都有足堪記載者，矢原醫生就一一將這些所見所聞之故事，筆之於書，藏之於篋中，但並未將之示人。抗戰戰爆發後，日軍佔領北京即逼矢原離開，並不准在中國行醫。但他個性剛強，不為勢屈，於是移居德國，以示和窮兵黷武之日本絕決。到希特勒上臺後他再遷居美國，一九五二年病逝於美國。矢原謙吉的這些札記，初無名稱，刊登時由岳騫取名為《謙廬隨筆》（按：此是經過岳騫摘錄的節鈔本，原書名《敵乎？友乎？廿載燕雲關山月》，一九七七年日本久名堂出版線裝中文版），後結集成書。《謙廬隨筆》所敘全憑所見所聞，又其為日人所寫，與書中人物既無恩無怨，自是較為客觀。而其文字簡潔，無散漫脫節之病；而涉筆成趣，皆能出以自然。犖犖諸端，略如上述。可為治近代史者，多一種珍貴的材料，雖是如掌故筆記，但描繪的栩栩如生，或許更接近歷史的本原吧。

除此而外，長篇連載的還有名報人陳紀瀅的〈胡政之與大公報〉、岳騫的〈折戟沉沙記林彪〉、龍吟的〈細說「長征」〉、適然的〈北望樓雜記〉、張仲仁的〈臨風追憶話萍鄉〉以及岳騫以另外筆名鐵嶺遺民寫的〈洪憲本末〉等，都提供不少的史料，如陳紀瀅的〈胡政之與大公報〉，後來都集結成專書出版了。

總之《掌故》月刊在香港七〇年代前後的文史雜誌，也扮演著一定的角色，六年的時間也不算太短，前後出版七十期（有說是七十二期的，是錯誤的說法。）如今要蒐集齊全也非易事，尤其在臺灣，因當年香港雜誌禁止進口，許多圖書館都沒有收藏，即令中研院圖書館也只

有零星數十本，而沒有完整成套的。此次筆者除借用私人收藏外，還託香港友人協助補齊全套的完整復刻。並編成七十期的總目錄，總目錄有文章名、作者名、刊登的期數、頁碼等，檢索極為省時便利。

目次

導讀：岳騫和他的《掌故》月刊／蔡登山 I

《掌故》雜誌精選

戴笠生前死後／筱臣 003

附錄：《掌故》雜誌全套七十期總目錄 016

《掌故》雜誌精選

戴笠生前死後

筱臣

前軍事委員會調查統計局局長戴笠將軍，係於抗戰勝利後民國三十五年三月十七日，由青島飛南京，以座機失事，在南京近郊岱山墜毀，其時殉難者尚有隨員多人，中外為之震悼。死時得年僅五十，天不假年，至堪惋惜！

其一身行徑，從事諜報工作，出死入生，神出鬼沒，真有如神龍見首不見尾，若干逸事，直令人為之驚嘆！富有戲劇性，亦亟富有傳奇性。

最近台灣中國電視公司所推出之國語電視劇——《神龍》，描述抗戰時期我地下工作人員，有所謂夢娜小姐，以一名女人在上海漢口一帶與敵偽周旋，而幹下了驚天動地為國家犧牲的佳話。此一國語劇，亦多少影射當年戴將軍所指揮的同志，留下了這可歌可泣的故事。

本篇所擬敘述的，則為戴將軍的出身及其簡歷，以及其他身後榮哀，至於他之傳聞逸事，容後另為專題分別報導。

家世簡歷

戴笠，本名春風，一名徵蘭，世居浙江江山之保安鄉，亦即仙霞嶺，家世業農，父親入過縣學，不幸早逝，他六歲喪父，賴母氏藍太夫人撫育以成人。七歲入塾，十七歲進浙江省立第一中學肄業，十九歲和毛秀叢結婚，同年便投筆從戎，投軍浙軍第一師，充任一名志願兵。其後曾一度回到家鄉，當保安鄉學務委員，又興辦自衛團自任團長，由於經費無著，維持了一個時期，便告解散。

當他舞勺之年，即知關心時務，報刊一到，他總是首先閱讀，作文振筆直書，從不擬稿，洋洋灑灑，有倚馬才。嘗給識一般學友，互相立志砥礪，名曰青年會，附者百人，序齒他雖年幼，但都以他的馬首是瞻。他中等身軀，一舉一動充滿活力，高材，隆準，兩道劍眉，正甲字臉上鼻大，嘴闊，天庭特別飽滿。稍長，豪放不羈，嘗浪跡異鄉，經年不歸，得多金，輒揮霍殆盡。

民國十五年他三十歲，在江山悅來客棧，無意之間邂逅文溪高小時代的老同學毛人鳳，一席長談決定了他的終生志業，戴笠欣然就道，南下廣州，考取了黃埔軍官學校第六期騎兵科，編在一團三營七連，同時他宣誓加入國民黨，而且甫入黨被推舉為連黨部執行委員。

國民革命軍北伐，國民政府定鼎南京，戴笠被選拔為騎兵營的列兵，加強訓練，準備北上

作戰，清黨之役，他根據平時細心觀察，詳盡調查，一舉肅清騎兵營的二十餘名共黨份子，這是他受知於蔣總司令，不久從事情報工作之始。

黃浦二期同學胡靖安，是戴笠在廣州入伍時期的舊相識，風聞戴笠清黨建立殊功，當時他正擔任蔣總司令的侍從副官，負責蔣總司令的警衛，兼且偵報各地的軍政重情，提供總司令參考。胡靖安對戴笠器重賞識，於是他便邀他參與自己的情報工作。

不過胡靖安是一位具有自大狂的人，由於目中無物，器小易盈，志得意滿之餘，不久便跌了下去，一落千丈，不再為校長蔣總司令所信任。儘管戴笠被來從此受知於校長，胡靖安卻不得志。大陸淪陷前夕，他還是由於戴笠的推薦，在江西擔任省訓團教育長。大陸易手後，他也留在上海，自後就沒有了他的消息了。

民國十六年八月十五日，蔣總司令為促成寧漢團結，不惜功成身退，宣告下野，蒞奉化溪口故鄉掃墓以後，便轉赴上海，買棹東渡，行前，戴笠曾上船去請謁校長，陳明在蔣總司令旅日期間，願予搜集各方情報，寄送校長參考。在這一段期間，戴笠曾聯絡十二位擔任團長的黃埔同學，聯名發表通電，懇促蔣總司令，回國復職。

中樞無主，人心惶惶，十二位團長的籲請，發皇為全國同胞的熱切嚮望。十七年元月四日，蔣總司令俯順輿情，返京復任，繼續北伐，底定中華民國的統一大業。這一年戴笠三十二歲，他被委派為國民革命軍總司令部聯絡參謀，正式主持情報工作。

一年後，他便被擁兵割據的軍閥、朝秦暮楚的政客，視為不共戴天的讎敵。十八年十二

月，在平漢鐵路前線稱變的唐生智，即曾懸賞十萬大洋，要買戴笠的腦袋。

民國二十一年三月十八日，軍事委員會成立，蔣委員長就職，召開軍事會議，四月一日成立前所未有的軍事情報機構，蒐集調查資料，研究國內外情勢，隸軍委會調查統計局為第二處；即就原聯絡組之基礎擴組之。任戴笠為處長負責主持，並以唐縱為書記，鄭介民為偵查科長，邱開基為執行科長。

以上情報組織，日益擴大，視為無線電工作人員養成所的三極無線電學校，便是戴笠為了吸收專門技術人員所創辦，學校設在上海，被軍統局吸收的人才則再送杭州訓練。二十四年二月，南昌行營調查課合併於軍委會調查統計局第二處，仍以戴笠為處長。至是人員則由一百四十五人增加到一千七百二十二人。三年之間增加了十二倍。

戴笠對於國家民族的最大貢獻在抗戰以前，厥為民國二十二年閩變的敉平，他除了蒐集叛軍部署情報，並曾冒險入閩，策動十九路軍方十一師毛維壽和六十師沈光漢部相機反正，使李濟琛、陳銘樞等人之叛亂為之冰消瓦解，大流血的內戰，因而避免。

此外，又如民國二十五年的「兩廣事件」，倘若不是戴笠派鄭介民祕密南下，策反粵軍，使巫劍雄、黃質文的兩個師，鄺文光、鄭瑞功的兩艘魚雷艦，以及粵軍空軍全部飛離廣東，歸順中央，使陳濟棠陸海空三軍不戰而降，巨變因以傳檄底定；那麼，華南內戰早已爆發，那一仗打下來的結果，兄弟鬩牆，兩敗俱傷，民國二十六年日本軍閥的大舉侵華，勝負如何，殊難逆料。

民國二十五年十月西安事變，蔣委員長被張學良、楊虎城劫持於西安，消息傳出，舉世震駭，張學良、楊虎城實已稱兵叛變，當時戴笠還在廣東處理緝私工作，聞訊他立刻趕返南京，十月二十二日，他不顧友人和同志的勸阻，抱定必死的決心，陪同蔣夫人直飛西安隨侍蔣委員長，效法蔣委員長赴難永豐艦伴從國父的精神。他一到西安就被監視，張學良曾親自去看他，出示一份東北軍官的聯名簽呈：「請速殺戴笠，以絕後患。」

當時，這位硬漢便大義凜然的抗聲答覆：

「主辱臣死，古有明訓，現在領袖蒙難西安，凡是領袖的部屬，便決不會忍辱偷生，戴笠怕死，就不會來此！不過我死以後，我的同志必將繼承我的志願，維護領袖，為國除奸！」

一腔忠憤，竟使張學良為之懾服，他不曾殺戴笠，僅將他囚禁。十二月二十五日張學良終於幡然悔悟，親送蔣委員長夫婦回南京，自縛請罪，事變結果，戴笠也恢復了自由。事後在他被囚的地下室中，有人撿到他遺留下的一張親筆便條，那上面寫著他忠心赤膽，大節懍然的幾句話：

「自昨日下午到此，即被監視，默察情形，離死不遠，來此殉難，固志所願也，惟未見領袖，死不甘心！領袖蒙難後十二日戴笠於西安張寓地下室。」

抗戰前夕戴笠所領導的軍統，規模已很龐大，軍統人員的活動範圍，從通都大邑直到邊陲村鎮，乃至海外各地。這一股新興的力量，使一切中華民國的敵人，包括日本軍閥、以及漢奸、外國列強、共產黨徒、陰謀禍國與為非作惡者，都因之頭痛萬分，極其忌恨，日本軍方特

意給他們起個名字，叫「藍衣社」。

抗戰既起，戴笠為發動地方人力物力協助國軍抗戰，向上海士紳建議組織別動隊，擔任對敵突擊破壞工作。當經杜月笙等贊助，由地方團隊及愛國青年志願參加，組成五個支隊及一個特務大隊，共官兵一萬餘人，分佈於滬西浦東與蘇州河一帶，協助國軍作戰。這以上部隊並由軍委會頒發「蘇浙行動委員會」及「蘇浙行動委員會別動隊」之番號。遴選俞鴻鈞、吳鐵城、杜月笙、貝祖詒、劉志陸、錢新之、吉章簡、蔡勁軍及戴笠等為委員，由戴笠兼書記長負實際責任，劉志陸為別動隊總指揮。又為集中意志統一思想，養成官兵作戰、偵探、破壞等技術，特在青浦與松江成立訓練班，佘山成立教導團，輪流調訓官兵。其時杜月笙等出錢出力，厥功亦偉。

民國廿七年，戴笠又以忠義救國軍教導團，直隸軍委會，由戴本人任團長，俞作柏為副團長。該團成立以後，頗著成效，其後又在浙江東陽成立第二團，日益擴大，經呈准成立忠義救國軍總指揮部於漢口（後遷屯溪），仍屬軍委會，戴笠兼任總指揮，俞作柏任副總指揮。

是年八月，戴笠領導之軍委會調查統計局第二處，奉令擴充為軍委會調查統計局，肩負長期抗戰之情報作戰任務，以賀耀祖為局長，戴笠為副局長負實際責任。

到了民國廿九年，戴笠的職責日益加重，兼軍委會運輸統制局監察處處長以及財政部緝私署署長。民國三十年，為革命情報工作成立九週年紀念日，軍統局同人景仰戴笠之卓越領導，本「寶劍贈英雄」之義，向戴笠獻七星古劍一柄，並舉行獻劍典禮。戴笠當時的答詞，

大致為：

「今為我們工作九週年紀念日，承全體同志以寶劍相贈，本人至不敢當。古人用劍有『上馬殺賊，下馬擒王』之意；當前革命環境所急要者，即為殺賊，而殺賊尤需擒王。本此意義，余謹以工作負責人之立場，毅然代表我全體同志接受此劍，以示共勉，吾人之團體，決不採取俄國『格泊烏』及德國『吉士塔坡』之特工方法來統制。因中國有其歷史文化，有其傳統精神，即　總理所講忠孝仁愛信義和平，與　領袖所講禮義廉恥。吾人掌握團體運用組織，即本此精神為出發點，以主義領導，理智運用，情感結納，紀律維繫。唯其如此，故能使主義與道義結合凝為一體，歷久而愈堅。」

當年他並在紀念大會特刊題詞云：

「我們的工作九週年紀念大會特刊

有忠義血性者，方能擔負此神聖偉大之使命！

金水題卅年四月一日」

民國三十一年，珍珠港事變爆發後，美國為解決其氣象情報供應問題及明瞭我東西沿海兵力形勢，有與我合作之必要，乃於四月，派梅樂斯海軍中校來華洽商，與戴笠會晤之後，即有極佳印象。

不久，軍統局國內外各地之地下無線電台，均能以簡易方法報告氣象，所有我國淪陷區各重要城市，甚至安南、緬甸、婆羅洲、台灣、菲律賓均有報告。因此，梅樂斯對戴笠魄力之雄

偉與軍統局工作效率之優異，極感驚佩！

於是，要求戴笠同去東南沿海作實地勘察，以為今後從事技術合作與共同行動之參考。其後梅樂斯對中美合作這一段故事，著了一部巨著，名為《另一種戰爭》，現已有中文譯本，由台灣新生報印行。

至於同時派員深入汪精衛偽組織，蒐集情報，以及暗中與周佛海通款曲，從事反間工作，策動各地偽軍，棄暗投明，待機反正，響應盟軍登陸；一面更給共黨在後方的潛伏倡亂份子，以沉重打擊，值得敘述的驚人故事，更是不勝記述。

自敵軍投降後，戴笠更奉命統一辦理全國肅清漢奸工作，在軍統局成立肅清漢奸處理委員會（簡稱肅奸會），機構遍及全國各大城市，由於辦法週詳，所有重要漢奸，均先後予以逮捕，約計四千六百餘人，總期毋枉毋縱。所有逆產處理，保管亦至為慎密，移送行政院在各地所設之敵偽產業處理局處理。

當勝利之初，共軍勾結蘇俄，破壞交通，阻撓接收。戴笠乃奉命將掌管之忠義救國軍、別動軍、中美訓練班之教導營，及交通巡察處所屬之各交通巡察部隊，併編為十八個交通警察總隊，一個直屬大隊，並成立交通警察總局，其隸交通部，以吉章簡為局長，共官警六萬餘名，仍歸軍統局督導，派往全國各重要交通線，肩負阻撓共軍侵襲，維護交通安全之任務。

身後榮哀

民國三十五年三月十七日，戴笠自青島乘航委會專機飛滬轉重慶，因氣候惡劣轉飛南京，穿雲下降時，誤觸東郊之板橋鎮岱山失事。國民政府蔣主席聽到這一個噩耗以後，極為震悼。當以戴笠功在國家，明令公葬。並於六月十一日頒褒揚令曰：

「軍委會調查統計局局長戴笠，志慮忠純，謀勇兼備，早歲參加革命，屢瀕於危。北伐之後，戮力戎行，厥功甚偉，抗戰軍興，調綜軍事情報，精勤益勵，因能制敵機先，克奏膚功。比以兼辦肅奸工作，不遑寧處；詎料航機失事，竟以身殉，緬懷往績，痛悼良深，該故局長戴笠，應予明令褒揚，著追贈中將，准照集團總司令陣亡例公葬，並交部從優議卹，生平事蹟存備宣傳史館，用示政府篤念勛勞之至意，此令！」

六月十二日，首都各界舉行公祭，國府蔣主席並親臨主持祭禮，祭之似文曰：

「嗚呼，笳鼓頻喧，兵禍猶延，匹夫有責，共掃腥羶，胡期一朝，殞此英賢，心傷天喪，五內具煎。憶昔黃埔，君受陶鑄，天資英敏，慧眼獨具，志慮超群，先邁驥步，躡險履危，靡有瞻顧。洎乎北伐，乃效前驅，出沒虎穴，妙應戎謨，安瀾江表，多所詢于，剖疑陳籌，參從彌敬。迺維紀綱，車航重勞，刺微入隱，洗髓伐毛，牛角紾音，刮磨勤操，奇謀密運，葆就炎徼。勝算彌逮，遠綏朔遼，竭角蠻觸，於焉澌消，事蕆而恩，厥功丕昭。抗倭軍興，咸懼將

壓，料敵鋤奸，廟謨咸洽，財蠹政蝥，無遠不察，以振頹風，以正國法。爰寄股肱，幹濟中樞，素繩直道，民誦來蘇；更勤捍禦，別出洪圖，盪決之功，埒於虎符。友邦刮目，譽為奇謨，蔗績之茂，堪冠吾徒。介節皎然，持躬寅亮，名位數頒，均表謙讓，美德高風，為世所仰。常勉十思，補天是望，薄言凱旋，痌瘝遍訪，肅奸捕逆，大義所尚；中道云徂，口存心想，皓月孤光，繁星昭朗，惓念時難，深哀吾黨；惟君之死，不可補償，忠勇足式，益以謙光，以此策勵，宣垂史章，褒功崇德，民不能忘，清酒爰奠，來格來嘗。」

第二天，戴笠的遺體，卜葬於南京紫金山旁靈谷寺國民革命軍陣亡將士公墓，愁雲慘霧，大雨如注，但參加送殯的部隊及學校機關團體，不下萬人，途為之塞，白馬素車，備極哀榮。

當公祭時，各方輓聯誄詞甚多，茲謹錄其有代表性的數聯於後：

國府蔣主席輓聯云：

雄才冠草英，山河澄清仗汝績；
奇禍從天降，風雲變幻痛予心。

此聯對於戴笠嘉許備至，但亦不失為長官輓部屬的身分。

另外尚有一聯，則為章士釗所輓，這個時候的章士釗雖屬係在野名流，但係杜月笙的秘書，為杜府的座上客。由於杜月笙與戴笠的過從極密，有工作上的關係，當然章與戴笠也有著

聯帶關係，友誼自非泛泛。當時他的輓聯云：

功在國家，利在國家，平生讀聖賢書，此外不求成就；
謗滿天下，譽滿天下，亂世行春秋事，將來自有是非。

此聯可稱為輓聯中之首選，措辭不卑不亢，深得風人之旨，雖讚揚而無溢美之辭，我們重讀此聯，感到大手筆確不可及，固不能以人廢言。

至於黃埔同學的代表作，則有胡宗南的輓聯云：

祖帳舞雞鳴，浩浩黃流，問誰同擊波江揖；
春風吹野草，滔滔天下，只君足懼亂臣心。

此聯亦頗切貼得體，語不泛設。

戴笠所主持的調統機構，本來係創始於民國廿一年的四月一日，因此，軍統局的同人在每年「四一」這一天，均有紀念大會，亦即所謂「四一大會」。自戴笠逝世後，從民國三十六年

起，將這一項具有紀念性的大會，改在三月十七日舉行，簡稱「三一七大會」。卅八年，中共佔據大陸，政府遷來台灣後。戴的舊屬如國防部保密局長毛人鳳等，再在台北近郊觀音山建「戴公祠」，芝山岩建「戴雨農圖書館」，「雨聲小學」，以紀念戴笠將軍。

又戴笠逝世五週年，「三一七大會」懸有一聯云：

心膂廿年功，教忠不負平時望；
膽薪今日志，復仇重慰在天靈。

又戴笠逝世九週年，亦有兩聯云：

其一

公存匪膽懾，公歿匪勢猖，其一身繫天下安危之重若此；
在上為日星，在下為河嶽，雖百世而生民馨香勿替可知。

其二

效忠守清白家風，遺訓長昭，
七載英靈如在上；

沉陸痛炎黃華胄，國仇未復，
萬行血淚又重揮。

以上三聯，對於戴笠將軍之追思，語極沉痛，寄慨遙深，至於遣句造詞，極其典麗，允稱佳作，不知屬何人所致送。惟只知代筆的文士，為湘潭名詩人張劍芬先生手筆，吐屬不凡，自屬可傳之作。

附錄：《掌故》雜誌全套七十期總目錄

第一期　「九一八」專號

發刊詞／本刊　2
「九一八」四十年／編者　3
抗日民族英雄馬占山／楊潔如　10
「九一八」事變時關東軍將領名單／資料室　19
馬占山部隊遭遇記／高山安吉作　陳嘉驥提供　20
苗可秀生平事略／孫偉健　22
「九一八」事變時日本內閣閣員名單／資料室　26
我所知道的東北義勇軍／黃恆浩　27
「九一八」時張學良在做甚麼／東北舊侶　37
馬君武與「哀瀋陽」／畏之　40
「九一八」事變關東軍司令官佈告／資料室　57
混世魔王郭堅／石公　50
韓復榘的一生／正平　58
李大釗魂斷燕京／古厂　66
延安點驗共軍記／楊蔚　69
第八路軍官佐題名錄／資料室　74
鄭繼成刺殺張宗昌／鐵嶺遺民　75
禮拜六派的興起和衰落／陳敬之　80
張勳復辟始末／矢原愉安　86
馮玉祥將軍傳（一）／簡又文　92
周恩來評傳導言／嚴靜文　100
九月十八日事變以前遼吉黑三省駐軍之兵種數量表　105
費子彬先生八秩雙壽序並頌　106
編餘漫筆／編者　108

第二期　辛亥革命六十周年專號

辛亥革命六十年／編者　2
中國同盟會中部總會成立宣言／資料室　9
武昌起義三日記／吳醒漢　10
辛亥革命時獨立將校決死團的一段故實／王振民　14
時逢佳節悼故人——武昌三烈士／李仲華　17
辛亥南昌光復及李烈鈞督贛／琴聲　20
國慶日溯促致辛亥革命成功的國外朋友／所聞　23
武昌首義一大疑案／史劍非　27
辛亥首義之地——武漢三鎮／李雁蓀　30
焦達峰其人其事／孫受天　34
張彪發跡史／芝翁　38
陳儀與湯恩伯／徐復觀　40
武昌首義九角旗的故事／吳琨煌　40
記共黨總書記向忠發之死／曾托　42
定時彈炸斃徐老虎／鐵嶺遺民　45
石友三與高樹勛／正平　47
一次「〇〇七」式的經歷／鄭修元　52
鴛鴦蝴蝶派大師徐枕亞／陳敬之　65
滿洲國實業、外交大臣張燕卿／天涯客　71
白狼真人真事／王天從　74
不可思議的我見我聞／宋希尚　78
張勳復辟始末（二）／矢原愉安　82
馮玉祥將軍傳（二）／簡又文　87
周恩來評傳（二）／嚴靜文　94
謙廬隨筆／矢原謙吉遺著　98
陳炳謙片語拓闢白克路／胡憨珠　102
編餘漫筆／編者　108

第三期

馮炳南歷經奮鬥成功史／胡憨珠　2
吳祿貞一死關大計／黃亦孚　7
吳祿貞壯志未酬／東瀛舊侶　10

梁鎮英刺殺吳祿貞／段醒豫 12
第一顆鐵路巨星詹天佑／李寶容 14
郭松齡倒戈之失敗及其影響／王盛濤 18
紛擾局面談林長民／文雪 21
江亢虎一生亂撞／政海閒客 26
記孫桐萱兄弟／正平 29
拓殖英雄王同春／莊練 34
四庫全書及影印本末／李寓 43
劾顧案始末／岳騫 47
陳顒菴先生的生平及其讀嶺南人詩絕句（上）
／余少颿 49
青樓才子畢倚虹／陳敬之 53
周神仙的五鬼搬運法／謝厚清 58
閒話宛西／陳舜德 61
抗戰期間最轟動的間諜案／司馬亮 64
南沙紀行／張維一 67
六十年來的國史整理／周少左 71
馮玉祥將軍傳（三）／簡又文 73
辛亥光復樓題壁詩八首／梁寒操等 80
周恩來評傳（三）／嚴靜文 81
張勳復辟始末（三）／矢原愉安 87
謙廬隨筆（二）／矢原謙吉遺著 92
劉侯武先生小傳／鄭顥 98
月蘿館隨筆／恬園 105
編餘漫筆／編者 108

第四期　香港淪陷三十周年專號

香港戰役始末／編者 2
日軍三十三軍進攻香港部隊區分概要／資料室 5
日軍香港登陸攻擊之部署／資料室 6
「香港之戰」大事日誌／資料室 8
「香港之戰」英、日軍之實力／資料室 10
「香港之戰」英、日軍之傷亡／資料室 11
日據時期香港總督磯谷廉介／資料室 11

日軍香港攻略作戰經過圖／資料室　13
協助香港抗戰及率英軍突圍經過總報告
／陳策遺稿　14
策叔突圍詳記／簡又文　22
徐亨吉人天相／一知　28
蔡松坡材略冠當世／吳蕤　30
張作霖學良父子與日本的恩怨／譚逸　40
戴笠生前死後／筱臣　49
憶李麥麥（上）／鄭學稼　55
赤腳大仙丁文江／覺初　60
九龍歷險記／陶希聖　66
武功奇絕的郭錦如／蔡策　72
李涵秋一覺揚州／陳敬之　75
陳顒菴先生的生平及其讀嶺南人詩絕句（中）
／余少颿　81
馮玉祥將軍傳（四）／簡又文　88
周恩來評傳（四）／嚴靜文　94
張勳復辟始末（四）／矢原愉安　100
謙廬隨筆（三）／矢原謙吉遺著　103
月蘿館隨筆（二）／恬園　105
編餘漫筆／編者　108

第五期　「一二八」淞滬抗戰四十周年專號

「一二八」淞滬血戰史／翁照垣　2
十九路軍全體官佐題名錄／資料室　20
第五軍全體官佐題名錄／資料室　22
日本侵滬陸海空軍實力統計／資料室　24
淞滬戰役我軍官佐士兵傷亡失蹤統計／資料室　26
淞滬戰役我方戰區民眾傷亡失蹤統計／資料室　26
淞滬戰役敵軍官佐士兵傷亡統計／資料室　27
淞滬戰役始末大事日誌／資料室　27
抗日英雄翁照垣將軍傳／丘國珍　33
中華民國開國史話／史述　36
曾特拳打梁龍記／旁觀者　39

第六期

「烤羊全席」與「洗汗澡」／蔡電　74
張作霖與溥儀的恩怨／天涯客　76
馮玉祥將軍傳（六）／簡又文　84
閒話財神／張漢雄　93
周恩來評傳（六）／嚴靜文　94
張勳復辟始末（六）／矢原愉安　102
太平簫鼓萬家春／范月樵　105
編餘漫筆／編者　108

第七期　「滿洲國」成立四十週年專號

「滿洲國」的遞嬗／鐵嶺遺民　2
「滿洲國」的政治制度／關外漢　16
「滿洲國」的主宰——關東軍／華仁友　23
「韓青天」與「如此之韓青天」的由來／燕南客　34
淮上人豪柏文蔚／靜齋　40
殷汝耕落水前後經過／芝翁　44
由陳毅之死說到三十年前「新四軍事件」（二）／岳騫　51
漫談八陣圖／黎凱旋　54
別動總隊之回憶／筱臣　57
常德會戰與濱湖形勢／胡養之　64
軍統局內幕（中）／鄭修元　73
我和陳友仁博士的交往／吉田東佑　79
馮玉祥將軍傳（七）／簡又文　84
「滿洲國」兩惡人／岳騫　93
周恩來評傳（七）／嚴靜文　94
張勳復辟始末（七）／矢原愉安　101
謙廬隨筆（五）／矢原謙吉遺著　105
編餘漫筆／編者　108

第八期

青年之神鄒容／吳蕤　2

「三二九」革命史話與詩篇／桂梅 8
碧血黃花談趙聲／吳化鵬 10
吳芝瑛與潘達微俠義千秋／林斌 13
軍統局內幕（下）／鄭修元 17
黃花崗之役唯一臺籍烈士羅仲霍／周開慶 20
太原保衛戰／劉棨琮 23
太原五百完人史詩三篇／喬家才 29
台兒莊戰役隨軍記／胡瑋 34
記濰陽雙忠——張天佐與張髯農／劉仲康 39
陳獨秀先生的晚年／鄭學稼 46
四川自貢的鹽井／莊練 71
馮玉祥將軍傳（八）／簡又文 78
陳懷民肉彈擊敵／岳騫 86
孫仲瑛的革命詩話（二）／恆齋 87
周恩來評傳（八）／嚴靜文 91
張勳復辟始末（八）／矢原愉安 98
謙廬隨筆（六）／矢原謙吉遺著 102
尹奉吉一彈殲羣魔／鐵嶺遺民 104
香港詩壇／楊南孫等 107
編餘漫筆／編者 108

第九期

琉球二次亡國痛言／岳騫 2
琉球是怎樣斷送的／李則芬 9
琉球主權考／王丕承 18
革命元勳馮自由／簡又文 23
張自忠成仁取義／劉棨琮 38
為張自忠將軍報仇記／馬增福 40
為琉球人喝采／唐漢 41
金石論交卅載餘謝冠生與劉師舜／劉己達 42
民國好官丁春膏（上）／關山月 48
由陳毅之死說到三十年前「新四軍事件」（三）／岳騫 54
燕京舊夢（校史與校園）／李素 58

龔德柏死裏逃生／曾燕萍 67
香港大學中文系與英人林仰山教授／盧幹之 68
十八軍梅春華案始末／剡曲老人 70
介紹「八正道釋義」／道光 76
抗戰前中日間「成都事件」經過／華生 78
馮玉祥將軍傳（九）／簡又文 82
周恩來評傳（九）／嚴靜文 93
張勳復辟始末（九）／矢原愉安 100
孫仲瑛的革命詩話（三）／恆齋 103
謙廬隨筆（七）／矢原謙吉遺著 105
香港詩壇／蘇甫等 107
編餘漫筆／編者 108

第十期

慘烈的衡陽保衛戰／胡養之 2
衡陽保衛戰的「真相」／華仁友 9
沈定一的一生／高越天 20
雲南大理的地理景色／黃偉達 31
施劍翹忠孝雙全／鐵民 37
傳奇人物張競生博士／司馬千 40
瞿秋白臨死哀鳴／高雷 47
我所認識的瞿秋白／蔡孝乾 48
多餘的話／瞿秋白 51
瞿秋白的最後一段日子／楊之華 52
瞿秋白訪問記／李克長 56
少年同學江湖老／筱臣 60
由陳毅之死說到三十年前「新四軍事件」（四）／岳騫 67
孫仲瑛的革命詩話（四）／恆齋 72
白蛇傳的另一傳說／伍逢 74
馮玉祥將軍傳（十）／簡又文 78
【附錄】「首都革命」與日本關繫之謎 87
周恩來評傳（十）／嚴靜文 98
謙廬隨筆（八）／矢原謙吉遺著 104

香港詩壇／張方等　107
編餘漫筆／編者　108

第十一期

日人對侵華往事的歪曲說法與自供／芝翁遺著　2
「七七」回憶錄／王冷齋　10
朱執信知行合一／吳相湘　16
鄧演達和國民黨左派／用五　21
鄧演達身後是非／曉村　33
九戰區最後游擊部署／胡養之　37
讀章太炎先生家書／陳鳳翔　43
日本侵攻香港時之忠義慈善會／雲煙　50
清末監國攝政王載灃的一生／高石　52
燕京舊夢（二）／李素　60
蹂躪汝城數十年的職業匪犯胡鳳璋／覺初　68
民國好官丁春膏（下）／關山月　73
馮玉祥將軍傳（十一）／簡又文　82
周恩來評傳（十一）／嚴靜文　92
孫仲瑛的革命詩話（五）／恆齋　99
張勳復辟始末（十）／矢原愉安　103
謙廬隨筆（九）／矢原謙吉遺著　105
香港詩壇／亦園等　107
編餘漫筆／編者　108

第十二期

我與蔣經國／劉己達　2
空軍之神高志航／黄大受　14
八一四戰績輝煌／李皎　32
草莽將軍孫殿英的生平／芝翁遺著　34
八百壯士的謳歌／盧克彰　46
當代李龍眠——蕭立聲／岳騫　69
燕京舊夢（三）／李素　70

曲折離奇的「藏本事件」／劉征鴻 76
辛亥前的革命書、報／史述 79
馮玉祥將軍傳（十二）／簡又文 82
周恩來評傳（十二）／嚴靜文 94
張勳復辟始末（十一）／矢原愉安 101
謙廬隨筆（十）／矢原謙吉遺著 103
香港詩壇／李漁叔 107
編餘漫筆／編者 108

第十三期

「掌故」的掌故／岳騫 2
朱執信先生虎門殉難／恆齋 3
從「九一八」到滿洲國的登場／矢原愉安 8
從武漢失利到長沙大火／胡養之 24
袁寒雲才氣橫溢／芝翁遺著 31
黃浦灘一個傳奇性人物——王曉籟／高石 40
王國維與羅振玉／莊練 43
草上飛／岳騫 48
憶北平天津雜耍／傅文清 52
長白山中採猴頭／田雨 57
憶許世英／龔德柏 59
篤行實踐的許靜仁夫子／黃伯度 63
燕京舊夢（四）／李素 66
陸建章與馮玉祥／關山月 74
馮玉祥將軍傳（十三）／簡又文 82
周恩來評傳（十三）／嚴靜文 96
謙廬隨筆（十一）／矢原謙吉遺著 103
香港詩壇／王質廬等 107
編餘漫筆／編者 108

第十四期

從國號、國璽、國旗、國歌、國都看「中華民國」
六十年來國家多事／司馬我　2
武昌首義的三武／芝翁遺著　5
陳少白先生之高風亮節／恆齊　14
我與孫殿英共事經過／樂素後人　21
李抱冰防守馬當內幕／胡養之　27
現代東方朔——王克明／岳騫　34
知堂老人的晚年／胡士方　39
鄰笛山陽／康裔　48
李烈鈞湖口討袁六十年紀念／史述　51
翠微峰孤軍抗共殉節不屈的黃鎮中將軍／鐵民　55
南昌滕王閣之憶／道南　59
「生張飛」張瑞貴英雄伉儷／野鶴道人　62
細說「長征」（一）／龍吟　66
馮玉祥將軍傳（十四）／簡又文　71
周恩來評傳（十四）／嚴靜文　87
燕京舊夢（五）／李素　94
謙廬隨筆（十二）／矢原謙吉遺著　100
中華民國與「四大寇」／七九叟冼江　104
香港詩壇／亦園等　107
編後話／編者　108

第十五期

國父與我／冼江、劉光業　2
談談徐志摩　6
王賡其人其事／關山月　8
陸小曼與翁瑞午之死／芝翁遺著　15
我怎樣取得田中奏章／蔡智堪遺著　20
從「九一八」到滿洲國登場（下）／矢安愉安　24
孤忠耿耿胡思敬／劉己達　40
親臨其境話閩變／陳祖康　45
國術泰斗杜心五　55

第十六期

第十七期

南京大屠殺真相／關山月　2
汪精衛脫離重慶始末記（上）／用五　7
一二八淞滬抗日的回憶／徐義衡　13
一二八的一些紀念品／徐義衡珍藏　18
抗戰末期的西南大撤退／胡養之　30
三次北伐縱橫談（上）／譚逸　37
胡家鳳哀榮錄／劉己達　48
悼念程野聲神父／盧幹之　53
福建第一任都督孫道仁／芝翁遺著　55
中國氣功名家盧世興／文山　57
水滸遺蹟在杭州／謝吉　67
徐錫麟刺恩銘始末／資之　70
周恩來評傳（十七）／嚴靜文　78
實幹政治家潘宜之／劉道平　85
細說「長征」（四）／龍吟　90
折戟沉沙記林彪（一）／岳騫　87
謙廬隨筆（十五）／矢原謙吉遺著　96
李思浩貧病死上海／之公　99
現代文獻／本刊資料室輯　106
香港詩壇／李長風等　107
編餘漫筆／編者　108

第十八期

朝陽坡事件／關山月　2
汪精衛脫離重慶始末記（中）／用五　13
三次北伐縱橫談（下）／譚逸　24
沈鴻烈與山東／劉道平　33
宋淵源與閩軍／許清瑞　38
西安事變後殉難的王以哲／王盛濤　41
人物軼事叢談／天爵　44
滇中印象記／胡養之　47
蘇聯在臺間諜案／蕭魚　52

欣聞「琉球歷代寶案」孤本出版／楊仲揆 54
談京韻大鼓／汪季蘭 57
姑姑筵與黃敬臨／李梅 61
牛年談浙東的牛鬥／黃衫客 63
畲民的社會習俗／藍天 65
燕京舊夢（八）／李素 70
周恩來評傳（十八）／嚴靜文 75
梁山泊滄桑談／莊練 82
當代班超楊增新／廣祿 86
居安思危談地震／陳聯津 96
細說「長征」（五）／龍吟 98
折戟沉沙記林彪（二）／岳騫 101
謙廬隨筆（十六）／矢原謙吉遺著 105
香港詩壇／涂公遂等 107
編餘漫筆／編者 108

第十九期

國父老友尢列／吳蕤 2
嶺南世族數冼家／公普 7
汪精衛脫離重慶始末記（下）／用五 10
軍人外交家劉文島／楚三戶 18
李純之死永成疑案／余非 27
張學良謀殺常蔭槐／未名 32
劉戡成仁二十五年／克剛 34
陳季良其人其事／芝厂 38
義士劉三／陳敬之 50
甄壽珊功高被害／張鶴情 54
在北大時期的張競生／樂素後人 57
三北虞洽卿外傳（一）／胡憨珠 60
馮玉祥之死不明不白／關山月 69
鄭孝胥與溥儀／晚晴樓主 71
為日軍慘殺之交通部駐香港專家事略——／羅香林輯錄 80

留學孫逸仙大學往事之一——由廣州到莫斯科／王覺源 82
氣肅千秋的關廟／劉震慰 90
周恩來評傳（十九）／嚴靜文 94
細說「長征」（六）／龍吟 100
折戟沉沙記林彪（三）／岳騫 103
謙廬隨筆（十七）／矢原謙吉遺著 106
編餘漫筆／編者 108

第二十期

太原保衛戰概述／閻錫山遺著 2
太原會戰經過／史政之 10
參加昆明戰役的追憶／李灝 20
朱執信先生虎門殉難補遺／恆齋 23
曹錕庸人厚福／余非 25
留學孫逸仙大學往事之二——負笈孫大憶當年／王覺源 34
朱子橋先生百年祭／筱臣 42
東方兵略家蔣百里／虞奇 45
傳奇人物陳景華／吳蕤 51
三北虞洽卿外傳（二）／胡憨珠 56
中國傘兵史話／傘兵上士 60
松花江上話開荒／王漢倬 66
大冶礦場瑣憶／陳長坤 78
道教聖地龍虎山／畢新華 81
東西天目與昭明遺蹟／王杰 82
徐源泉回憶錄（上）／徐源泉遺著 85
周恩來評傳（二十）／嚴靜文 90
細說「長征」（七）／龍吟 97
折戟沉沙記林彪（四）／岳騫 100
謙廬隨筆（十八）／矢原謙吉遺著 104
香港詩壇／文疊山等 107
編餘漫筆／編者 108

第二十一期

封面：清繡猿猴獻果園
五三慘案真史／關山月 2
五卅事件與濟南慘案／胡養之 15
張自忠將軍殉國三十年祭／岳騫 23
樂道安貧勵晚節的王有蘭／劉己達 30
江西五次圍剿時的四大戰役（上）／彭戰存 36
偽滿繫獄記實／石堅 48
甘肅由紛擾到安定／王禹廷 63
阿里山神木／胡泉寅 68
陳新福專門大搬家／林山峰 70
嶺南世族鄺氏／鄺光寧 72
報壇奇人張丹斧／醒藝 80
三北虞洽卿外傳（三）／胡憨珠 82
中國傘兵史話（二）／傘兵上士 86
評劇憶談／胡士方 90
徐源泉回憶錄（下）／徐源泉遺著 95
細說「長征」（八）／龍吟 97
折戟沉沙記林彪（五）／岳騫 101
謙廬隨筆（十九）／矢原謙吉遺著 105
封底：清雕象牙蚌式盤

第二十二期

塘沽停戰協定經過述要／劉本厚 2
西來庵風雲／林藜 7
血濺望平街／藝公 15
日軍初佔領香港時之回鄉雜談／雲煙 17
燎原星火憶耒陽／天爵 19
留俄瑣記／王覺源 22
「二十八個標準布爾什維克」得名由來／關峰 31
劉師舜的中譯英／劉己達 33
抗日英雄李海青／栗直 38
陸軍上將曹浩森／曹健民 40

清代最後一個國史——桂祥／高石　42
臺北第一好官——調查局長沈之岳／葛其潭　47
記國術大師孫祿堂先生／劉如桐　51
黃河之水天上來／宋希尚　53
勞山名勝古蹟多／胡養之　66
天然景色美不勝收的澎湖／李之華　74
江西五次圍剿時的四大戰役（下）／彭戰存　78
評劇憶談（二）／胡士方　84
燕京舊夢（九）／李素　90
周恩來評傳（二十一）／嚴靜文　94
折戟沉沙記林彪（六）／岳騫　101
謙廬隨筆（二十）／矢原謙吉遺著　104
香港詩壇　107
編餘漫筆／編者　108

第二十三期

抗日戰史上的「平津之役」／魏汝霖　2
天津小站練兵與北洋軍／張華棠　8
重慶行營史話／周開慶　11
九龍城寨話滄桑／春申移民　14
我國最早的革命文藝團體——南社／陳敬之　21
徐子明教授遺愛在人間／劉復興　27
臺灣少年棒球隊主將林祥瑞之死／王杏　30
學者風度的徐誠斌主教／盧幹之　35
西來庵風雲（續完）／林藜　38
三北虞洽卿外傳（四）／胡憨珠　46
馮庸與馮庸大學／劉毅夫　50
錢復前途似錦／林幸一　54
現代梁山泊——吳山述概／張鶴情　56
夜探少林寺／林藜　60
黃帝發明足球／李廣淮　62
陝北石油之開採／董蔚翹　64

漢陽鐵廠設立的經緯／高叔康 68
憶荊州／胡繼翰 71
安清幫與羅祖教／莊練 73
彭公案的成書及作者／彭蓮子 76
新聞界的文天祥——趙雨時先生／趙尺子 82
燕京舊夢（十）／李素 87
折戟沉沙記林彪（七）／岳騫 91
周恩來評傳（二十二）／嚴靜文 94
細說「長征」／龍吟 100
謙廬隨筆（二十一）／矢原謙吉遺著 103
香港詩壇／伍醉書等 105
編餘漫筆／編者 108

第二十四期

山西戰將陳長捷／雁飛 2
三北虞洽卿外傳（五）／胡憨珠 9
載譽東瀛的名畫家蕭立聲先生／林蓮仙 13
「可欺以方」的劉峙將軍／傅亞夫 15
談鞀鞸大鼓／胡士方 20
方技趣談／陸離 24
閒話荔枝／平陽 30
「保定防衛戰」與「滿城爭奪戰」／劉本厚 34
何應欽會見岡村寧次 40
張莘夫烈士傳／栗直 45
謝文東擊斃日本多門二郎經過／楊化之 49
「客方言」作者羅藹其先生傳／羅香林 52
蘆溝曉月／林藜 53
吃煤炭的孩子／陳正光 56
豫匪寇皖紀實／白山 58
燕京舊夢（十一）／李素 62
周恩來評傳（二十三）／嚴靜文 71
折戟沉沙記林彪（八）／岳騫 78
謙廬隨筆（二十四）／矢原謙吉遺著 81
章士釗曾有意組黨／知之 86

名人會客的習慣／赤松子　88
香港詩壇／莫儉溥等　89
編餘漫筆／編者　90

第二十五期

「九一八」事變初期的東北義勇軍／趙尺子　4
柳邊抗敵紀實／馬嘯風　11
馬占山將軍傳／栗直　16
馬占山軍抗日戰爭函電真蹟／李炎武　18
「九一八」後東北人動態回憶錄／栗直　20
胡政之與大公報（一）／陳紀瀅　24
趙惜夢先生的青年時期／李桂庭　34
冀東政府興亡史／關山月　36
北洋之虎——段祺瑞／余非　46
清季民初之廣州報業／鄺光寧　52
清朝皇帝的生活／么樹芳　59
前塵回首憶「三張」／洵錚　62
京音大鼓與劉寶全／胡士方　66
悼念陳大慶上將／岳騫　72
王湰為康寧醫院盡瘁而死／敬心　75
周恩來評傳（二十四）／嚴靜文　78
折戟沉沙記林彪（九）／岳騫　85
謙廬隨筆（二十五）／矢原謙吉遺著　87
香港詩壇／高齀賜　89
編餘漫筆／編者　90

第二十六期

一字之誤的歷史浩劫／曾永　4
關東軍之覆滅／關山月　12
蔡銳霆一門義烈／劉己達　17
胡政之與大公報（二）／陳紀瀅　24
憶陳春圃／用五　32

水利大師李儀祉／蔣君章　38
悼錢納水先生／李秋生　48
擂台比武記／劉光興　50
慈航大師肉身成佛／李春艾　52
清季民初之廣州報業（下）／鄺光寧　54
周君奇遇記／質盧　62
綠島見聞錄／洪荒　63
黃山的奇景異物／齊雲　65
琉球憶語／楊仲揆　67
楊永泰被刺記／喻舲居　70
東北的蕭何／王慶吉　74
王岷源先生之事功與東北大學／曹樹鈞　77
折戟沉沙記林彪（十）／岳騫　78
本刊一至二十四期分類目錄／編輯室　83
香港詩壇／編者　89
編餘漫筆　90

第二十七期

韓旅長斗瞻遺蹟（附事略）／張學良等　4
紅東六十四屯問題與黑龍江上的悲劇／曾慶裕　20
胡政之與大公報（三）／陳紀瀅　28
不堪回首話當年／馬王先生　39
小欖菊花大會史話／白福臻　48
都江堰名聞天下／古方　52
巧合與奇遇／逸凡　54
碧雞啼徹西山曉／林藜　56
戰後南韶連區教救工作概況／郭永亮　58
中東路戰役始末／吳相湘　61
向四行倉庫守軍獻旗經過／楊惠敏　64
康澤將軍的哀思／筱臣　66
中東路創痛的回憶和檢討／王盛濤　69
回首江漢憶古剎／陳鍾岱　72
折戟沉沙記林彪（十一）／岳騫　75
周恩來評傳（二十五）／嚴靜文　79

第二十八期

第二十九期

張靈甫將軍事略／周志道 43
李涵秋軼事／醒囈 45
南社的懷念／胥端甫 49
樂昌淪陷記／郭永亮 54
血戰常德三十年（二）／資料室 57
七十年前的武昌風貌／萬耀煌 65
胡政之與大公報（五）／陳紀瀅 74
周恩來評傳（後記）／嚴靜文 81
回憶金陵定鼎時（中）／齊憲為 83
折戟沉沙記林彪（十三）／岳騫 85
謙廬隨筆（二十八）／矢原謙吉遺著 87
香港詩壇／亦園等 89
編餘漫筆／編者 90

第三十期

胡政之先生二三事／李璜 4
閻錫山與日本／關山月 7
當代奇人——楊森／劉勝言 12
憶邵鴻基／正平 15
胡政之與大公報（六）／陳紀瀅 17
二十年前滇邊行（二）／羅石補 22
血戰常德三十年（三）／資料室 28
回憶金陵定鼎時（下）／齊憲為 36
西苑道上／呂佛庭 43
洛陽白馬寺／王世成 48
中文電腦字典應運問世／殷建安 51
天下第一聯／姜渭水 53
汪派傳人——王鳳卿／胡士芳 55
章太炎致善者書 60
心算神童簡志輝／劉桂英 62
目睹熊虎鬥／英濤 63
松花江上撈死魚／王夢蓮 65
迎春史話／章太炎 67
清代毘陵名人手札序／惲茹辛 68

俞叔文先生傳／俞少颿　70
戴雨農的懋績殊勳（一）／鄭修元　71
折戟沉沙記林彪（十四）／岳騫　78
謙廬隨筆（二十九）／矢原謙吉遺著　82
橫渡塔里木沙漠記／張大軍　85
香港詩壇／涂公遂　89
編餘漫筆／編者　90

第三十一期

南沙群島確屬我國領土／鄭資約　4
黃克強先生詩、詞、曲／心波　12
民初震動全國的宋案／蔣君章　19
雙槍黃八妹的故事／張行周　26
徐向前竄陝入川記／王禹廷　29
胡政之與大公報（七）／陳紀瀅　32
民國以來第一清官──石瑛／吳相湘　44
二十年前滇邊行（三）／羅石補　47
往事憧憬錄／郭公鐸　54
追念吳稚暉先生／吳蕤　64
遇難慶生記／宋希尚　67
戴雨農的懋績殊勳（二）／鄭修元　71
憶揚州（一）／周秋如　79
折戟沉沙記林彪（十五）／岳騫　85
謙廬隨筆（三十）／矢原謙吉遺著　87
香港詩壇／余少颿等　89
編餘漫筆／編者　90

第三十二期

關於西沙群島的一個歷史文獻──「李準巡海記」／魯風　4
略記廣東兒教院／仲平　10
國民政府建都南京十年大事憶述／齊憲為　13

先天道橫行無錫記實／平凡 23
聯義社之建立與其功績／鄺光寧 27
章太炎先生二三事／張玲惠 33
鄒作華與中國砲兵／胡養之 37
憶揚州（二）／周秋如 42
二十年前滇邊行（四）／羅石補 48
萬里長城／劉棨琮 56
王嬙故里 60
胡政之與大公報（八）／陳紀瀅 62
戴雨農的懋績殊勳（三）／鄭修元 75
故廣東省立勷勤大學校長陸公嗣曾傳／歐鍾岳 85
折戟沉沙記林彪（十六）／岳騫 87
香港詩壇／伍醉書等 89
編餘漫筆／編者 90

第三十三期

陳孝威先生及天文台報／王世昭 4
雜記韓復榘／胡士方 12
徐永昌將軍傳略／趙正楷 21
張作霖傳／余非 29
我所認識的徐道鄰／楊牧 39
畢少懷神父與慈幼會在華事業／盧幹之 43
胡政之與大公報（九）／陳紀瀅 45
憶揚州（三）／周秋如 55
瀋陽清故宮與國立瀋陽博物院／陳嘉驥 59
梨園述往憶張三／文淵 61
我與傅作義／喬家才 70
憶南通（上）／宋希尚 77
折戟沉沙記林彪（十七）／岳騫 85
細說長征（九）／龍吟 87
香港詩壇／伍醉書等 89
編餘漫筆／編者 90

第三十四期

第三十五期

國父與外國友人／何其坦　75
香港詩壇／徐義衡等　89
編餘漫筆／編者　90

第三十六期

敦煌莫高窟發現始末／實齋　4
楊杏佛負才早逝／筱臣　11
湯子模先生傳／湯子炳　16
談圓光／焦席祺　18
吳俊陞風雲際會／錢公來遺作　20
黎明前後／凌紹祖　24
板橋林家花園與林維源兄弟／高拜石遺著　34
大成至聖先師孔子塑像經過　38
胡政之與大公報（十二）／陳紀瀅　40
李良榮先生事略／李漢青　50
賈梅士先生事略／郭永亮　54
蘇曼殊的生平及其譯著／張王法　56
張貞先生事略／李漢青　69
何鍵提倡國術的故事／大史公　73
我的父親天虛我生──國貨之隱者　78
折戟沉沙記林彪（十九）／岳騫　82
細說長征（十一）／龍吟　84
香港詩壇／徐義衡等　89
編餘漫筆／編者　90

第三十七期

張作霖被炸之原因與史實／譯自「日本」月刊
／張則貴　4
徐志摩的生平和作品／葉俊成　13
抗敵十四年紀要／王守正　20
我的父親天虛我生──國貨之隱者（續完）／陳定山　34
杜聰明博士傳／葉炳輝　43

第三十八期

第三十九期

懷念介師／辛未　4
憶！聶光坻／雲煙　8
一知半解話「票號」／盧學禮　10
花谿憶往／王大任　13
日全蝕奇景／秦保民　16
斯坦因與伯希和／實齋　18
閃擊密支那之憶／謝子清　23
雷鳴遠的烽火鐘聲／劉榮琮　27
胡漢民先生軼事／旻名　38
我的生活瑣憶／田炯錦　41
孔子思想在琉球／楊仲揆　44
四十年前臺灣大地震親歷記／古滿興　46
調景嶺非吊頸嶺／工人　49
關於沈三白／莊練　51
細說長征（十四）／龍吟　53
折戟沉沙記林彪（二十）／岳騫　57
謙廬隨筆（三十一）／矢原謙吉遺著　59
處州的畲民／郁青　61
中華文物精華觀後感／李璜　66
四川自治之役／華生　70
香港詩壇／蘇文擢等　73
編餘漫筆／編者　74

第四十期

我架機轟炸柏林／松健　4
筧橋精神／姜良仁　6
旌忠將軍邱清泉／虞庸　8
孫岳軼事／耿幼麟口述　王玉賓記錄　16
鄒岳樓將軍傳／吉人　18
關中麟鳳井勿幕／李貽燕　22
康有為陝西盜經記／李儀祉遺作　26
渦陽設治始末／王藩庭　27

第四十一期

第四十二期

民國二年四川討袁始末／華生　4
硯山老人雜憶／萬耀煌　12
劃時代的民國十三年（中）／黃季陸　18
滇魯烽煙話李彌（下）／胡士方　29
李彌將軍週年祭／于衡　35
楊宇霆氏被殺始末／何秀閣　36
「楊宇霆氏被殺始末」一文正誤／岳騫　39
二次大戰期間中緬戰區一支特殊部隊／姚遙　42
南京時期的國史館／蔣永敬　46
金陵遊蹤／羅時實　60
謙廬隨筆（三十四）／矢原謙吉遺著　67
細說長征（十七）／龍吟　69
香港詩壇／夏書枚等　73
編餘漫筆／編者　74

第四十三期

莫斯科孫大東大見聞／關素質　4
楊乃武案一百年／史述　8
雷高二公之英烈事跡／郭永亮　20
劃時代的民國十三年（下）／黃季陸　23
也談黃敬臨與「姑姑筵」／水仙子　30
吳稼秋先生生平事略／同里後學劉鐵濼輯錄　33
北平災官的形形色色／魯孫　34
虞姬廟在皖北靈壁縣／王藩庭　38
酆都「陰王」的由來／毛一波　40
莊韻香女史百年誕辰記／惲茹辛　41
李有洪血戰摩天嶺／喬家才　45
清末民初四川的陸軍學堂與川軍派系／懷襄　55
中國西北回教派別／羅香林輯錄　62
憶香港中國筆會成立大會　66
細說長征（十八）／龍吟　68
折戟沉沙記林彪（二十二）／岳騫　70

香港詩壇／高齂賜等　73
編餘漫筆／編者　74

第四十四期

中華民國史事紀要（初稿）／黃季陸　4
顏君退省首都脫險記／用五　6
四川進一步統一與抗戰（上）／孫震　14
金門憶舊／關西人　18
莫斯科東大孫大見聞（二）／關素質　25
記余心清間諜案／金人　29
胭脂宮井話珍妃／芝翁遺著　41
抗日殉國的李守維將軍／邵父　47
港九新界史話／曹文錫　49
再談吃在北平／唐魯孫　53
東北境內清三陵／王良　56
三國演義與三國志（八）／岳騫　60
在中大財源枯竭、高談節約聲中談中大圖書館／流蘇　66
秦腔／楊璉　69
香港詩壇／高齂賜等　73
編餘漫筆／編者　74

第四十五期

蔣公靈櫬奉厝慈湖記詳／王家政等　4
魏德邁將軍憶　蔣總統／施克敏　10
屢蒙　總統召見之回憶／錢穆　15
鐵軍軍長張發奎痛悼　蔣公／陳祖華　19
總統　蔣先生繼承國父志業所樹立之典型／黃季陸　21
敬悼曠世偉人逝去／陳紀瀅　24
黎玉璽含淚說當年／李廣淮　27
和淚濡墨述恩德／高玉樹　29
記總統　蔣公與先父的二三事／趙佛重　31

偉人的永生／顏元叔 32
公祭　總統蔣公文／本刊資料室 33
慈湖在青山翠谷中／本刊資料室 33
蔣公的特殊歷史紀錄／吳相湘 35
三篇歷史性文件／本刊資料室 37
蔣總統治喪圖片選輯／本刊資料室 42
蔣總統逝世與日本人／司馬桑敦 44
莫斯科東大孫大見聞／關素質 47
粉筆生涯二十年（一）／張丕介遺著 51
四川進一步統一與抗戰（中）／孫震 59
折戟沉沙記林彪（二十四）／岳騫 67
謙廬隨筆（三十五）／矢原謙吉遺著 70
鄭曼青文武雙全／蔡文怡 72
香港詩壇／王則潞等 73
編餘漫筆／編者 74

第四十六期

對中華民國　蔣總統之追悼辭／美國參議院　鄺友良 4
中國現代的民族主義和知識份子——敬悼蔣總統逝世
／余英時 11
最深的哀痛、懺悔和惕勵／孤影 16
四十年前北伐初期敵後工作概述／王仲廉 20
粉筆生涯二十年（二）／張丕介遺著 25
我對劉峙、熊式輝、桂永清三上將的粗淺認識
／周重韶 33
硯山老人雜憶（二）／萬耀煌 37
蔣經國在贛南／張仲仁 42
臺東發現百年鐵樹／呂一銘 47
莫斯科東大孫大見聞（四）／關素質 49
四川進一步統一與抗戰（下）／孫震 53
北平的回教飯館兒／丁秉鐩 60
劉汝明將軍二三事／汪樹山 64
蔣公光輝照耀地中海／毛樹清 67

折戟沉沙記林彪（二十五）／岳騫　70
費伯雄仁心仙術／鐵嶺遺民　72
香港詩壇／涂公遂等　73
編餘漫筆／編者　74

第四十七期

馬君武夏威與我／王世昭　4
憶父親／夏捷葵　11
寧鄉陳家鼎兄弟姊妹之文學／羅香林　14
二次大戰期間美國計劃經藏援華／關山月　16
陰陽怪氣的侯曜／寒連　21
粉筆生涯二十年（三）／張丕介遺著　24
臨風追憶話萍鄉／張仲仁　32
孤僧命運（毛澤東與林彪部分）／王明遺著　35
重印國民政府公報前言／黃季陸　50
憶述八旗駐防制度／傅紹傑　53

概述「七七」（上）／岳騫　60
烤肉宛與月盛齋／丁秉鐩　66
謙廬隨筆（三十六）／矢原謙吉遺著　71
編餘漫筆／編者　74

第四十八期

抗戰初期上海作戰記事／曾振　4
今井武夫芷江乞降所見／焦毅夫　15
我經歷的一次老千局／朱鏡宙　25
粉筆生涯二十年（四）／張丕介遺著　30
亞細亞藝文學院出版名家碑帖發行預約／王世昭主編　38
賀揚靈先生與兩浙抗戰／王梓良　41
概述「七七」（下）／岳騫　48
毛澤東做過全國農協會長？／用五　53
日本關東軍給予中共的武器／姚遙　56
「八一三」砲戰殉國三將軍傳／段劍岷等　60

暢遊大觀樓／石佛 64
莫斯科東大孫大見聞（五）／關素質 68
劉湘逝世後之川局（上）／周開慶 71
天聲人語 73
編餘漫筆／編者 74

第四十九期

日本投降前的十日／資料室輯 4
六英烈傳（一）／資料室輯 18
惟仁者壽／惲茹辛 22
粉筆生涯二十年（五）／張丕介遺著 27
懷道鄰兄／陳克文 34
臨風追憶話萍鄉（二）／張仲仁 41
抗戰期間一段艱苦生活實錄／文輝 44
邵華先生逝世一週年／任蜚聲 45
五四運動警醒了上海學生／雲煙 46
劉湘逝世後之川局（下）／周開慶 48
哭劉大中兄嫂／張九如 53
北望樓雜記（一）／適然 57
三十年前日本投降紀實／資料室輯 59
他們應該同日死／周盛淵 64
本刊二十五至四十八期分類目錄／資料室輯 66
天聲人語／梁寒操等 73
編餘漫筆／編者 74

第五十期

國民政府成立之經過／陳錫璋 4
北望樓雜記（二）／適然 10
前塵瑣記（上）／任鴻雋 13
襄樊淪陷痛史／萬子霖 18
敬悼劉侯武丈／岳騫 23
劉湘的神機軍師劉從雲／公孫魯 25

第五十一期

趙冰博士自傳（上）／趙冰博士遺著　67
天聲人語／李承晚等　73
編餘漫筆／編者　74

第五十二期

護國軍紀實／鄧之誠　4
蔡松坡將軍雲南起義始末／雷飈　18
我記憶中的總統蔣公／松菶　30
白頭弟子哭　蔣公／冷欣　33
溥儀訪問記／關山月譯　35
向四行倉庫守軍獻旗經過（節錄）／楊惠敏　37
趙冰博士自傳（下）／趙冰　41
蔣百里與保定軍校／趙明琇　50
中共怎樣攻下川康（下）／沈嗣誠　52
抗日時代淪陷的山東（三）／胡士方　58
臨風追憶話萍鄉（五）／張仲仁　62
黃膺白先生之生平與識見（下）／沈雲龍　66
北望樓雜記（四）／適然　69
天聲人語　73
編餘漫筆／編者　74

第五十三期

故總統蔣公之盛德與睿智／關德懋　4
大平洋戰爭前的北平哈德門事件／關山月　8
袁世凱逼宮竊國記／傅偉　13
洪憲本末／鐵嶺遺民　15
李協和協和四方／吳相湘　23
關東軍覆滅記／陳嘉驥　29
憶侍校長蔣公在廬山／黃民新　35
抗日時代淪陷的山東（四）／胡士方　38
臺灣高手壁虎神功牟乃修／李勇　40
臺灣南部橫貫公路風光／孔慶林　43

第五十四期

第五十五期

民國國士張衡玉／芝厂 23
回憶黃金時代二三事／文嬋 27
抗日時代淪陷的山東（六）／胡士方 31
熊綬春將軍事略／柳藩國 35
略談王耀武／劉文煥 37
洪憲本末（三）／鐵嶺遺民 45
臨風追憶話萍鄉（八）／張仲仁 50
北平琉璃廠的南紙店、筆墨莊／唐魯孫 54
在馬德里看中國功夫／林惺嶽 58
貓嶼奇景、千鳥蔽天／曾子銘 61
蘭嶼回來／碧竹 63
雜說施公案／莊練 69
抗戰勝利後復員裁軍概述（二）／孫震 71
天聲人語／余少颿等 73
編餘漫筆／編者 74

第五十六期

台兒莊會戰實錄／侯象麟・王化宇 4
交文案彙記／郭榮生 12
鄧小平的大半生（中）／放之 19
洪憲本末（四）／鐵嶺遺民 23
衙門裡的老夫子／唐魯孫 27
我國境內龍的發現／林朝棨 30
臨風追憶話萍鄉（九）／張仲仁 37
硯山老人雜憶／萬耀煌 41
雙橡園的哀思／公孫嬿 44
北望樓雜記（七）／適然 47
武陵遊蹤／葉以熾 51
北洋軍閥笑話多／老丁 58
彈詞考／陶曉清 60
金門憶舊（一）／關西人 65
易培基其人其事（一）／傅清石 68
天聲人語／王公璵等 73

編餘漫筆／編者　74

第五十七期

鄧小平的大半生（下）／放之　4
吃在上海／唐魯孫　6
臨風追憶話萍鄉（十）／張仲仁　15
故宮博物院的圖書文獻／喬衍琯　19
覓橋英烈多美眷／吳東權　25
我的高祖與湘潭／劉己達　28
河東革命先進——李岐山／胡伯岳　31
張靜江先生二三事／郁青　33
洪憲本末（五）／鐵嶺遺民　35
學府風趣／老丁　41
金門憶舊（二）／關西人　44
易培基其人其事（二）／傅清石　48
民國十二年之川戰（上）／華生　54
憶故都企業鬼才張子餘／白鐵錚　59
第一次東征之役／陳錫璋　62
北望樓雜記（八）／適然　69
天聲人語／黃雪邨等　73
編餘漫筆／編者　74

第五十八期

五十年前——東北地方之軍政與民政／王良　4
劉粹剛烈士傳略／本刊資料室　8
南嶽生活的回憶／守六　10
斷頭將軍張石侯／南芸　12
哈爾濱的白俄／松坡　16
臺灣愛國詩人——林幼春其人其事／王天昌　18
張天師與龍虎山的始末／張源先　25
想起了老君廟／唐魯孫　28
民國十二年之川戰（下）／華生　31

陳儀之死／方知白 36
蘇北黃橋之戰／杜負翁 38
嫉惡如仇的石瑛（上）／劉棨琮 42
記國共大同之戰／耿若天 46
余家菊書生報國／江春男 49
伍誠仁與他的畢業證書／姜雪峰 51
洪憲本末（六）／鐵嶺遺民 56
北望樓雜記（九）／適然 62
平津瑣記之一／丁秉燧 68
麻將是甚麼人發明的？／莫問津 71
天聲人語／文疊山等 73
編餘漫筆／編者 74

第五十九期

哲學家吳康博士／盧幹之 4
杜月笙和李裁法的祕辛／寒梅 7
梁任公與徐志摩／劉太希 9
最驚險的一夜／逯劍華先生遺著 11
民園隨筆／王大任 13
廬山奇景與名勝古蹟／王白 16
金門憶舊（三）／關西人 19
京韻大鼓和劉寶全／丁秉燧 24
腰刀葦笠話吏官／白鐵錚 27
嫉惡如仇的石瑛（下）／劉棨琮 30
乾清門進克食記／唐魯孫 38
時時勤拂拭，勿使染塵埃／劉良祐 40
北伐誓師五十周年／陳錫璋 44
記褚輔成先生／阮毅成 50
邱水文自創水陸兩用直昇機／江春男 54
洪憲本末（七）／鐵嶺遺民 56
中共一大若干問題之研究／郭華倫 62
七七事變真史（一）／吳相湘 66
北望樓雜記（十）／適然 70
編餘漫筆／編者 74

第六十期

我與西德巨人的遇合／關德懋　4
長沙大火真相／張振國　13
七七事變真史（二）／吳相湘　18
安陽保衛戰紀實／劉如桐　23
人世滄桑七十年（上）／鄒瀾清　28
金門憶舊（四）／關西人　38
四川淪陷之回憶／韓文源　43
洪憲本末（八）／鐵嶺遺民　50
游德榮的象牙雕刻藝術／張仕英　56
杜奎英教授事略／知仁　58
閒話濰縣／吳鳴鑾　59
西直門外／白鐵錚　65
北望樓雜記（十一）／適然　68
天聲人語　73
編餘漫筆／編者　74

第六十一期

抗戰史研究之構想／王聿均　4
台兒莊在怒吼／黃介瑞　11
湖北陽新戰役親歷記／尹華英　19
立委胡淳以身相「詢」／立樸　23
卜道明先生的生平與事功／方雪純　36
洪憲本末（九）／鐵嶺遺民　39
金門憶舊（五）／關西人　45
湖北共軍實力消長記／羅森林　50
人海滄桑七十年（中）／鄒瀾清　53
西廂記之研究／張永明　58
湖南菜與譚廚／唐魯孫　65
細說長征（二十）／龍吟　67
北望樓雜記（十二）／適然　69
橫貫公路名勝對聯／劉太希　72
編餘漫筆／編者　74

第六十二期

四海一家在印度洋／曾憲光 4
前司法行政部部長王任遠被控案／王柳敏 7
謝晉元與八百壯士／劉棨琮 21
張柏亭將軍追憶淞滬戰役／張柏亭 36
七十年前舊夢痕／敬恆 46
人世滄桑七十年（下）／鄒瀾清 49
科場瑣憶／蔡愛仁 54
民國初年之四川軍事（上）／華生 59
北望樓雜記／適然 71
編餘漫筆／編者 74

第六十三期

對軍事情報工作的回憶／張振國 4
石友三之死／胡士方 11
山城憶舊土橋行／郎魯遜 17
革命奇人張靜江／周賢頌 19
洪憲本末（十）／鐵嶺遺民 25
金門憶舊（六）／關西人 31
平劇淺談／李孔昕 37
故都三閥／白鐵錚 43
民國初年之四川軍事（下）／華生 47
木里王國的獨特風光（一）／李霖耀 57
梅花調和醋溜大鼓／丁秉燧 68
杏林漫步／劉光炎 70
天聲人語 73
編餘漫筆／編者 74

第六十四期

天字第一號女間諜——川島芳子審訊經過／程榕寧 4
國際間諜照空和尚／益軒 10

白帝城與八陣圖／宜益　15
川軍受編國民革命軍經過／周開慶　17
洪憲本末（十一）／鐵嶺遺民　23
金門憶舊（七）／關西人　29
丁淮汾清剛耿介／芝翁遺著　35
西安事變善後問題處理經過（上）／曾振　41
閻海文烈士生平／王箭　47
中國西南邊界上的世外桃園
——木里王國的獨特風光（二）／李霖燦　49
立委艾時對政府交通工程的質詢／何定棟　56
韓愈、蘇東坡給與潮州後人的觀感／干域　58
抗戰八年與戴雨農將軍／喬家才　59
抗戰中期的江西戰將／周仲超　71
編餘漫筆／編者　74

第六十五期

臺灣同胞向日本討還軍郵儲金的面面觀／劉本炎　4
臨風追憶話萍鄉（十一）／張仲仁　13
記鄧糞翁先生／張玲蕙　17
西安事變善後問題處理經過（下）／曾振　19
易培基與故宮盜寶疑案／劉心皇　29
白屋詩人吳芳吉／芝厂　34
臺北市賭場風雲／黃大綱　39
韓復榘的真面目／冰壺　43
閒話詩鐘／楊向時　51
洪憲本末（十二）／鐵嶺遺民　55
金門憶舊（八）／關西人　61
楊柳青的版畫／楚戈　64
唐山浩劫話地震／唐魯蓀　66
中國國民黨第十一屆中委名單／本刊資料室　69
北望樓雜記（十四）／適然　71
天聲人語　73

編餘漫筆／編者 74

第六十六期

陳英士擎柱東南／芝翁 4
紀念父親的百歲誕辰／陳惠夫 10
洪憲本末（十三）／鐵嶺遺民 13
故鄉春節／楊一峰 16
米勒耳博士典範長存／沈剛 19
白屋詩人吳芳吉（下）／諸家 25
文采・風流
——談潮州文獻刊文誹韓的錯誤／沈光秀 36
誹韓案的證言／陶希聖 40
臨風追憶話萍鄉（十二）／張仲仁 42
懷念陳果夫先生／任蜚聲 45
金門憶舊（九）／關西人 47
天寒談皮裘／程肖彭 56
北望樓雜記（十五）／適然 59
一個偉大而平凡的讀書人／仲平 64
憶蘭州／田炯錦 67
青海春節期間的視聽娛／丑輝英 70
故鄉春節習俗談／伍稼青 72
編餘漫筆／編者 74

第六十七期

革命志士趙聲先生（上）／惜秋 4
臺灣破獲一貫道／劉繼先 10
長懷董佩老／言曦 12
淺談中美共同防禦條約／酆郈 19
傳奇人物・傳奇故事——蔡少明冒貸案／吳國棟 29
臨風追憶話萍鄉（十三）／張仲仁 38
萬武樵典範長存／王鈞章 42
洪憲本末（十四）／鐵嶺遺民 44

黃百韜忠烈千秋／劉棨琮 47
草聖之祖十七帖與狂草之王鵝群帖／王世昭 50
連雅堂百年誕辰／邱勝安 52
彈下餘生話東里／趙子貞 54
東北的紅鬍子／劉毅夫 60
白首話黃花／毛一波 68
散記民初幾位武林高手／唐魯孫 70
編餘漫筆／編者 74

第六十八期

田炯錦風骨嶙峋／劉克銘 4
悼司法院長田炯錦先生／于衡 8
洪憲本末（十五）／鐵嶺遺民 10
郭壽華「誹韓」的文字獄平議／嚴靈峰 15
中共滲透國防部導至大陸變色／沙學浚 19
吃在北平／唐魯孫 24
臨風追憶話萍鄉（十四）／張仲仁 31
一身兼備忠義勇的革命志士趙聲先生（下）／惜秋 36
談國立音專及其音樂家滄桑／文嬋 45
江西剿匪中贛州會戰戰史／柳際明 48
麻將考／莊練 54
楓橋夜泊詩與寒山寺碑／惲茹辛 59
金門憶舊（十）／關西人 65
北望樓雜記（十六）／適然 68
天聲人語／余少颿等 70
編餘漫筆／編者 74

第六十九期

國民大會第五次會議憶往／劉心皇 4
不祥的兩個十五／王世昭 15
好萊塢早期的華僑片與軍閥片／夏志清 19
記褚輔成先生／阮毅成 25

北平「廠甸兒」的「書兒棚子」／丁秉燧 29
記長陸軍大學經過／萬耀煌遺著 31
日據時代臺灣同胞的民族精神／鍾國仁 37
金門憶舊（十一）／關西人 41
燕塵偶拾讀後憶趣／白鐵錚 47
東引島風光／耘人 49
臺灣吃不著的北平小吃零食／唐魯孫 51
幾則中西文化交流的小故事／何其垣 54
我的青年時代／田炯錦遺著 63
北望樓雜記（十七）／適然 71
天聲人語／文疊山等 73
編餘漫筆／編者 74

第七十期

紀金門古寧頭之役／劉雲瀚 4
記民五黃克強致黃膺白的一封信／沈雲龍 19
黃興與明德學堂／黃一歐 23
赴皖北阜陽省訓團受訓經過／趙醒民 26
記徐寶山夫婦／杜負翁 30
洪憲本末（十六）／鐵嶺遺民 38
臨風追憶話萍鄉（十五）／張仲仁 45
北平的獨特食品／唐魯孫 49
「健康紅茶菌」漫談 54
北望樓雜記（十八）／適然 59
松樓隨筆／松厂 62
歷史的真象／冰壺 64
本刊四十九期至六十九期分類目錄／本刊資料室 68
編餘漫筆／編者 74

完整復刻・經典再現
探索民國人物風華往事

《風雨談》【全套6冊不分售】
原發行者：風雨談社；原刊主編：柳雨生
定價：15,000元

收錄原月刊共21期，是上海乃至整個淪陷區最引人注目的大型文學期刊。作者的陣容是空前巨大的，包括周作人、張我軍、包天笑、蘇青、路易士、南星、紀果庵、龍沐勛等人。主要欄目有專著、評論、小說、散文、詩歌、戲劇等。

《少年世界》【全套2冊不分售】
原發行者：少年中國學會
定價：6,000元

收錄原月刊共12期，是在富本土化與通俗化的「五四運動」時代的重要刊物，注重實際調查、敘述事實和應用科學，其內容闢有〈學生世界〉、〈教育世界〉、〈勞動世界〉等欄，影響深遠，值得細賞。

限量發行

《天地》【全套2冊不分售】
原發行者：天地出版社；原刊主編：蘇青
定價：6,000元

收錄原雜誌共21期，網羅「日常生活」、「女子寫作」兩大特色鮮明文章；其中「女子寫作」以蘇青及張愛玲的作品居多，張愛玲散文名篇多刊登於此。其他女作家尚包括梁鴻志的女兒梁文若、周佛海的夫人楊淑慧、東吳女作家施濟美等。

《古今》【全套5冊不分售】
原出版社：古今出版社；原刊主編：朱樸
定價：12,500元

收錄原月刊共57期，其中重要作家有北方的周作人、徐凌霄，南方的周越然、張愛玲，還有汪偽文人，如：汪精衛、周佛海。內容側重知識性與趣味性。為上海淪陷時期的代表刊物，可供學術研究使用。

《光化》【全套2冊不分售】

原發行者：光化出版社；原刊主編：江石江

定價：6,000元

收錄原月刊共6期，是抗戰勝利前夕難得一見的文學期刊，由中共地下黨所支持，在當時淪陷區的刊物而言，是頗具份量的。作者包括陶晶孫、丁諦、楊絢霄、柳雨生、紀果庵等人，皆是當時赫赫有名的作家，極具研究及收藏價值。

《大華》【全套5冊不分售】

原出版社：大華出版社；原刊主編：高伯雨

定價：20,000元

收錄原雜誌共55期，掌故大家高伯雨所創辦的雜誌，內容可分：掌故、人物、藝術戲劇、政海軼聞、生活回憶、文物、詩聯和雜文等類，是同類雜誌中的上品。由於高伯雨深知掌故，自己也寫掌故，現在編掌故，自然知道如何取捨，在內容上有相當高的史料價值。

《自由人》【全套20冊不分售】

定價：50,000元

本套書為市面上唯一完整收集，收錄從四十年三月七日發行，到四十八年九月十三日停刊，維持約八年餘的三日刊。文章精彩，內容多元，析論入理，頗受當時臺灣以及海外，尤其是美國華僑的注意，極具研究及收藏價值。

大人
(二)

波文

掌故
(一)

BOD Books on Demand
史地傳記類　PC0991　讀歷史128

《掌故》雜誌精選

原發行者／掌故出版社
導　　讀／蔡登山
責任編輯／石書豪
圖文排版／周妤靜
封面設計／王嵩賀

發 行 人／宋政坤
法律顧問／毛國樑　律師
出版發行／秀威資訊科技股份有限公司
114台北市內湖區瑞光路76巷65號1樓
電話：+886-2-2796-3638　傳真：+886-2-2796-1377
http://www.showwe.com.tw
劃撥帳號／19563868　戶名：秀威資訊科技股份有限公司
讀者服務信箱：service@showwe.com.tw
展售門市／國家書店（松江門市）
104台北市中山區松江路209號1樓
電話：+886-2-2518-0207　傳真：+886-2-2518-0778
網路訂購／秀威網路書店：https://store.showwe.tw
國家網路書店：https://www.govbooks.com.tw

2020年11月　BOD一版
定價：120元

國家圖書館出版品預行編目

<<掌故>>雜誌精選 / 蔡登山導讀. -- 一版. -- 臺北市 : 秀威資訊科技股份有限公司, 2020.11

面；　公分. -- (史地傳記類 ; PC0991) (讀歷史 ; 128)

BOD版

ISBN 978-986-326-868-0(平裝)

830.8　　109017137

讀者回函卡

感謝您購買本書，為提升服務品質，請填妥以下資料，將讀者回函卡直接寄回或傳真本公司，收到您的寶貴意見後，我們會收藏記錄及檢討，謝謝！

如您需要了解本公司最新出版書目、購書優惠或企劃活動，歡迎您上網查詢或下載相關資料：http:// www.showwe.com.tw

您購買的書名：______________________________

出生日期：________年________月________日

學歷：□高中（含）以下　□大專　□研究所（含）以上

職業：□製造業　□金融業　□資訊業　□軍警　□傳播業　□自由業

□服務業　□公務員　□教職　□學生　□家管　□其它______

購書地點：□網路書店　□實體書店　□書展　□郵購　□贈閱　□其他

您從何得知本書的消息？

□網路書店　□實體書店　□網路搜尋　□電子報　□書訊　□雜誌

□傳播媒體　□親友推薦　□網站推薦　□部落格　□其他__________

您對本書的評價：（請填代號　1.非常滿意　2.滿意　3.尚可　4.再改進）

封面設計____　版面編排____　內容____　文／譯筆____　價格____

讀完書後您覺得：

□很有收穫　□有收穫　□收穫不多　□沒收穫

對我們的建議：______________________________

____

____

____

請貼
郵票

11466
台北市內湖區瑞光路 76 巷 65 號 1 樓
秀威資訊科技股份有限公司 收
BOD 數位出版事業部

（請沿線對折寄回，謝謝！）

姓　　名：＿＿＿＿＿＿＿＿　年齡：＿＿＿＿　性別：□女　□男

郵遞區號：□□□□□

地　　址：＿＿＿＿＿＿＿＿＿＿＿＿＿＿＿＿

聯絡電話：(日)＿＿＿＿＿＿＿＿（夜）＿＿＿＿＿＿＿＿

E-mail：＿＿＿＿＿＿＿＿＿＿＿＿＿＿＿＿